與押繪一同旅行的男子

江戸川亂步＋しきみ

首次發表於「新青年」1929年6月

江戶川亂步

明治27年（1894年）生於三重縣。畢業於早稻田大學。曾任雜誌編輯、新聞記者，以「兩分銅幣」登上文壇。曾發表以明智小五郎為主角的偵探小說等為數甚多的創作，主要作品有『怪人二十面相』、『少年偵探團』等。

繪師・しきみ（樒）

插畫家。現居東京。為『刀劍亂舞』等知名線上遊戲的角色設計，並參與諸多書籍的封面設計以及時尚品牌合作。作品有『貓町』（少女的書架、萩原朔太郎＋しきみ）、『獏之國』等。

這個故事，若非是我的夢、或是我一時的異常幻覺，那麼，與押繪一同旅行的那名男子，定然是個瘋子。然而，正如同有時夢境會讓我們稍微窺得與這個世界截然不同的異世界，又如同瘋子總能夠看見、聽見我們完全無從感受的事物，恐怕，透過不可思議的空氣稜鏡，我在霎時之間，無意瞥見了這個世界的視野之外、那異世界的一隅。

已不知是何時，那是個暖和的微陰之日。那時，正好是在我特地到魚津去看海市蜃樓的回程路上。我說到這個故事時，有時候朋友們會挖苦我，你才沒去過魚津吧？一旦被人這麼說，我究竟是何時去了魚津，也的確拿不出證據。所以，那果然是夢境嗎？

然而，我從來不曾做過那麼鮮明的夢。夢中的景色，有如電影一般，雖然完全沒有色彩，只是當時火車中的景色、還有以那幅濃豔的押繪畫面為中心，散出紫赭交錯的過剩色彩，就像蛇眼的瞳孔一樣，鮮活地烙在我的記憶之中。彩色電影般的夢境是否真的存在？

當時，是我出生以來初次見到海市蜃樓。那是自蛤貝的氣息中浮現美麗的龍宮城，猶如古典繪畫般地想像著的我，見到海市蜃樓的真面目，竟受到令人冷汗迸發、近似恐懼的衝擊。

魚津海濱的行道松下，聚集了宛如豆粒的洶湧人潮，屏息以待，目光朝向天空及海面全神凝視著。我從未見過如此靜默、枯啞的大海。對一直認定日本海是凶濤惡洋的我，實在是無比意外。那片海是灰的，毫無漣波，彷彿往遠方無限延伸的沼澤。此外，就像太平洋的海洋般，沒有水平線，海與空溶入同一個灰色，呈現出被厚重難知的雲靄所覆蓋的感覺。在原以為已是天空、但意外地仍屬海面的上層雲際之間，有著宛若飄忽不定的幽靈般、碩大的白帆在滑行往返。

海市蜃樓，就在這乳灰色的膠片表面上垂滴著墨汁，自然地暈染渲散，猶如映射在天空上、一幅巨大無比的電影屏幕。

遙遠的能登半島森林，透過大氣密度落差形成的變形稜鏡，馬上就在眼前的天空中，有如顯微鏡沒有順利對焦下的黑色蟲隻，曖昧難辨，卻又被毫無節制地擴大，自觀看群眾的頭上壓頂而至。海市蜃樓就像是形狀古怪的黑雲，但若是黑雲卻又掌握不到其位置，不可思議地與觀眾保持著非常曖昧的距離。有時像是漂流在遠方海上的大入道，有時又像臨近眼前僅一尺之隔、異形般的雲靄，最終迫使觀看者的角膜表面上，猶如浮印著一小塊陰影。這個距離的曖昧感，讓海市蜃樓予人一種超乎想像、詭異的瘋狂悚然感。

形狀曖昧、闇黑的巨大三角形，如同高塔般層層堆疊，一瞬之間隨即崩塌，橫亙延長，猶若一長列火車奔去，或是崩解為幾段，像是並排聳立的檜木樹梢，看似全然靜止不動，卻在毫無知覺之間，成了完全不同的形狀。

海市蜃樓的魔力，如果會使人陷入瘋狂的話，恐怕，至少我在歸途的火車上，還未能從這股魔力逃離而出。眺望著天空的妖異現象、呆立了超過兩小時，那日傍晚，我自魚津出發，在火車上度過一夜，可以肯定的是，內心情緒確實異於平日。也許，就像隨機殺人魔，人性遭到劫掠喪失，瞬時之間的精神異常那樣。

在魚津站搭上前往上野的火車，是傍晚六點左右。該說是不可思議的偶然，或是那兒的火車常態如此，我乘坐的二等車廂，像是空蕩蕩的教堂般，除了我以外，只有一個先到的乘客，在對面角落的座位上蹲坐著。

火車在寂寥海岸的峻崖、砂灘上，響著單調的機械聲，漫無邊際地奔馳著。在猶如沼澤的海上，遁入雲層深處、暗血色澤的夕陽，樣貌朦朧。看起來碩大得異常的白帆，在其上彷佛夢境似地滑行。毫風亦無，鎮日熾熱，從火車上處處敞開的窗戶，吹入了跟隨車行間侵進的微風，像幽魂般有首無足。眾多的短隧道、群列的除雪柱，在火車通行時，將廣漠的灰空與海洋切割成條紋狀的片段。

行經親不知斷崖時，車廂內的電燈，亮度已與天空相差無幾，初晚降臨。正在此時，對面角落的唯一同乘者，突然站起身來，在坐墊上展開一片大塊的黑緞風呂敷，開始打包原本倚在窗邊、大約二、三尺長的扁平行李。這令我產生一種無以名狀的奇妙感。

那件扁平物品，應該是個畫框。畫框正面，大概有什麼特別之處，所以才朝窗放置。只能猜想它曾一度以風呂敷包住，又特地被取出來，像這樣對外立著。接著，在他重新包裹之際，我所瞥見到的，框上是一幅色彩鮮豔的繪畫，極其栩栩如生，彷彿世所罕見。

我進一步觀察了帶著這件奇異行李的持有人。然而，持有人本身，竟然比物品的奇異感更為奇異，這令我更為驚訝。

他有著非常古典、不在我們父親年輕時的褪色照片中絕對看不到的樣貌。男子穿著窄領狹肩的黑色西裝，但對於身材高挑、腿長的他來說，卻是奇妙地服貼，更顯得氣宇非凡。男子臉型細長，雖然雙眼炯炯迫人，整體予人端正洗練之感。此外，他悉心梳分過的頭髮，烏黑濃密，初見大約四十歲上下，但仔細一看，臉上滿是皺紋，看起來也像有六十歲。這頭黑髮，與縱橫印刻在男子白皙面容上的皺紋，使初次發現此一對比的我大為訝異，洋溢著非常詭異的感覺。

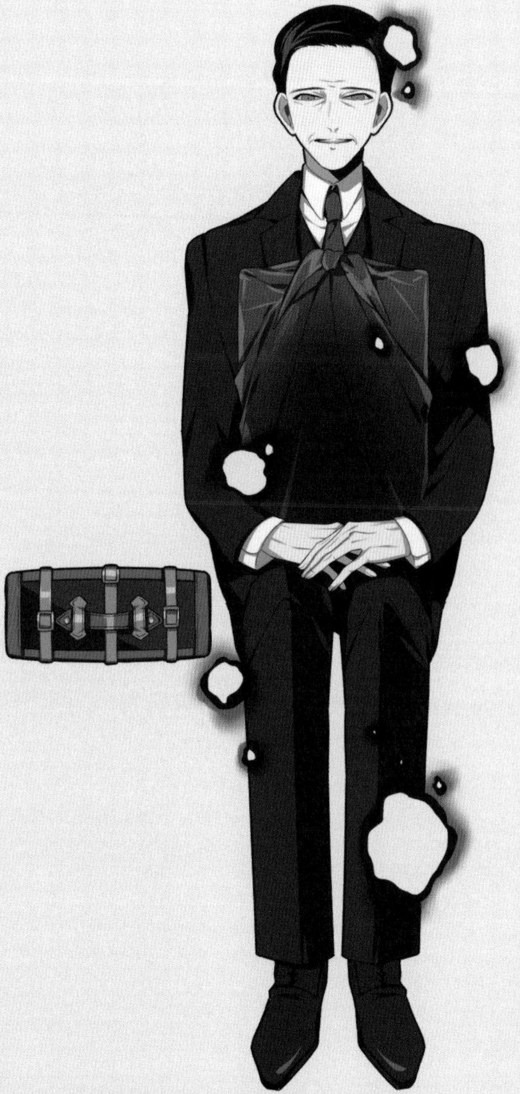

他謹慎地將物品包好，臉突然轉向我這邊而來，恰好，我也正專注地看著對方的動作，彼此的視線即不期而遇，無可迴避。接著，他有些難為情地彎起嘴角，淡淡一笑。我也下意識地點點頭，對他回禮。

其後，通過兩三個小站的期間，我們坐在各自的角落裡，視線自遠處偶爾交換，再尷尬地別開，重複多次。外頭已完全沒入黑暗。即使將臉緊貼著窗玻璃上窺看，離岸漁船時而懸浮著點點舷燈的外頭，連些微亮光也不在了。在無邊無際的黑暗之中，只有我們的細長車廂，有如唯一的世界般，持續地、持續地，咔噹咔噹地移動著。這個幽暗的車廂裡，僅存我們二人，整個世界、所有的生物，彷彿全都消失得無影無蹤了。

我們這輛二等車廂，不管在哪個站都無人上車，販售員、車掌一次都沒出現過。現在想想，感覺實在太奇怪了。

對那個看起來四十歲也好六十歲也罷、充滿西洋魔術師氣質的男子，我漸漸感到恐懼。所謂的恐懼，在沒有外在事物干擾的情況下，就會無限擴大，蔓延全身。終於，我恐懼得寒毛直豎，再也無法忍耐了，只得遽然站起，無禮地朝著對角的那男人走去。正因為那男人令人感到不快、危險，我更要接近那男人。

我來到正對著他的座位，靜靜地坐下。靠近以後，朝著他愈顯異樣、充滿皺紋的蒼白臉孔，我彷彿也化為妖怪，以一種不可思議的倒錯心境，瞇細眼睛、屏止呼吸凝神注視過去。

自我從座位上站起，男子以目光一直迎視著我，就在我回望他的臉時，他即以下巴指著身旁的那個扁平行李，單刀直入、甚至視為無庸置疑的開場白般地說：

「是這個吧？」

這番語氣太過理所當然，反倒使我嚇了一跳。

「您願意鑑賞一下吧？」

我沉默不語，他再度問了一次。

「可以讓我看看嗎？」

受對方的態度影響，我突然說了奇怪的話。然而，我決不是因為想看那件行李，才會從座位上站起來的。

「很樂意為您展示。從剛剛我就一直在想，您一定會為了看它而過來的。」

男子——毋寧說是老人會更恰當——一邊這麼說，一邊以修長的手指靈活地解開風呂敷，那件畫框般的東西，此次正面朝內，靠著窗際立起。

我瞥了一眼，一看到畫框正面，不由得閉上眼睛。到底是為什麼，縱至今日我也不能明白，只感覺非這麼做不可，才閉起眼睛數秒。當我再次睜開眼睛，在我的面前，彷彿前所未見，出現了奇妙的物品。雖說如此，我卻遍尋不著足以說明其「奇妙」之處的詞句。

畫框中，在宛如歌舞伎舞台的豪邸背景，繪上數個房間為景片，以極端的遠近法來呈現榻榻米與天花格板延伸至遠方深處的光景，塗上了以藍色為基調的豔麗顏料。在左手前方，繪有墨色斑斑、具粗樸書院風格的窗櫺，旁邊還有一張畫法不考慮視覺角度的同色書桌。這樣的背景，以類似於繪馬札的獨特畫風來形容，大概最容易理解吧。

在此背景中，浮現了各約一尺高的兩個人物。之所以說是浮現，是因為只有人物以押繪細膩製成。身穿黑天鵝絨經典西裝的白髮老人，正拘謹地端坐著（不可思議的是，他的容貌，除了髮色以外，與畫框主人相像，連所穿西裝的款式都極為酷似），以及一位身著緋鹿子振袖、巧搭黑緞腰帶、年約十七八歲、彷彿出水芙蓉、綁著結綿束髮的美少女，含羞帶怯得無法言喻，倚身於老人西裝膝處，恰似劇中女愛男歡的場面。

西裝老人與俏麗少女的對比，誠然極為異樣，但我所感受到的「奇妙」並非來自於此。

鄰接著粗劣的背景，押繪的巧奪天工則令人驚嘆。臉孔的部分，以白絹構成起伏，連細微的皺褶也逐一呈現，少女的秀髮，以真實的頭髮一根一根植入，依整理真人頭髮的方式梳束，老人的頭部，大概也是以真正的白髮，細膩如實地植入的吧。西裝的縫線工整，在適當的位置加上粟般大小的鈕扣，少女胸部的隆起處也好、腿部的冶豔曲線也罷，洋溢著鮮紅色的縮緬、若隱若現的肌膚光澤，手指上亦長著貝殼般的指甲。若是用放大鏡觀看，鮮活的程度，甚至連毛孔或細毳，都能夠絲毫分明。

說到押繪，以前我只看過羽子板上的歌舞伎演員肖像畫，而且，羽子板的工藝已經相當出色，但這件押繪，與那種東西完全是天壤之別，真是巧妙精緻至極。也許是出自精通此道的名家之手吧。然而，那並非我所謂的「奇妙」之處。

整件畫框似乎相當陳舊，背景的顏料斑駁錯落，少女的緋鹿子、老人的天鵝絨，儘管都已褪色得不忍卒睹，但正是這凋零的褪色，保留了難以形容的濃豔，耀眼奪目，呈現出灼燒於觀賞者眼底的活力，要說不可思議，的確不可思議。但是，我說的「奇妙」也並非此事。

而是，如果非得強詞說明，押繪中的兩個人物，都是活生生的。據說在文樂的人偶劇裡，一整日的表演之中，僅有一兩次，而且是一瞬之間，名人所操控的人偶會忽然有如被神明吹了氣息般、真的活了起來，然而，這件押繪的人物們，將如同蘇生剎那的人偶，不予性命的流逝之隙，倏忽之際，封貼直入板中那樣，看似永遠活著。

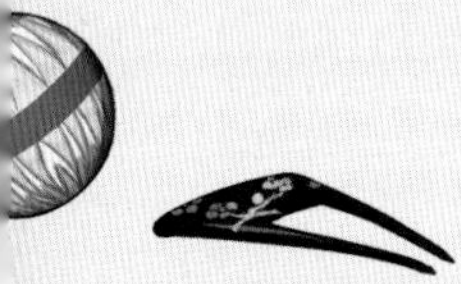

大概是見了我表情的驚訝神色，老人以充滿確認的語氣、幾乎像是喊著地說：

「啊啊，也許您能夠明白。」

他一邊說著，卸下了肩上的黑色皮箱，謹慎地開了鎖，從中取出一只非常老式的望遠鏡，朝我遞來。

「這個，請使用這支望遠鏡仔細欣賞。不，從那裡太近了。真是抱歉，再往那裡一些。那個位置正好。」

縱然是非常詭異的指示，但我內心的無窮好奇，促使我依照老人之言，自座位起身，走到離畫框五六步之距。老人為使我容易觀看，雙手持著畫框，以電燈照映。現在想起來，實在離奇極了，真是瘋狂得無以復加的情景。

所謂的望遠鏡，應該是二三十年前的舶來品吧，像是我們的童年期間，在眼鏡行招牌經常能看得到的那種、形狀奇異的雙筒望遠鏡，由於經常握持，黑色表皮剝落，處處露出其下的黃銅材質，與主人的西裝一樣，相當古典，是充滿懷舊風情的物品。

我覺得很稀罕，將雙筒望遠鏡反覆端詳了一會兒，接著準備觀看，雙手持至眼前。突然、實在非常突然，老人以接近悲鳴的聲音尖叫，使我險些將望遠鏡摔落。

「不行。不行。那樣反了。不能反著看。不行。」

老人臉色鐵青，雙眼圓睜，不斷揮手阻止。反著使用望遠鏡，為何有如此嚴重，我無法理解老人的異常舉動。

「沒錯、沒錯。是拿反了。」

我專心以雙筒望遠鏡觀看，未再理會老人的怪異神情，將望遠鏡拿正，立即湊近觀看押繪中的人物。

焦點開始對準，兩個圓形的視野，慢慢地疊合為一，模糊不清、猶如彩虹的景象，逐次愈見清晰，從大得驚人的少女胸部上方，彷彿成了全世界般，一口氣佔滿了我的視野。

景象以這種方式出現，此前其後，我都沒有再遇過，雖然讓讀者理解有所困難，但若以近似的感覺來描述，舉例而言，大概就像是自舟上躍下、潛入海中的海女、那一瞬間的姿態吧。海女的裸體沉於水底，由於藍色水層的複雜流動，身體彷彿海草，不自然地扭曲蜷動，輪廓模糊，有如白色的幽魂，然而，隨其悄然無聲浮上，水層之藍也逐轉稀薄，形體變得清晰，倏地，頭部破水而出，那一瞬間，遽然臨於眼前，水中的白色幽魂，霎時以人類的實體出現。那正是相同的感覺，押繪中的少女，在望遠鏡中，現身於我的面前，等身大、活生生的一位少女，開始欲顫將動起來。

十九世紀、古意盎然的稜鏡雙筒望遠鏡另一側，是我完全無法想像的異世界，結綿束髮的俏麗少女、古典西裝的白髮男子，以奇異的生活方式度日。窺視著不該窺視之物，此時此刻，魔法師要我窺視著。懷著一種無法形容的異常心境，我彷彿遭到施法一般，陷入了那個不可思議的世界。

儘管少女方寸未動，但她全身的感覺，在我親眼目睹之際，忽然產生變化，不但充滿朝氣，青白的臉蛋微泛紅暈，胸部有氣息起伏（實際上，我甚至能聽見心跳聲），自肉體滲出，透經縮緬的衣裳、有如蒸氣地，年輕女性的活力正散發、洋溢著。

自頭至腳地，我以望遠鏡遍賞了少女全身，反覆吟味之後，才將望遠鏡轉向那少女緊偎著的、耽於幸福的白髮男子。

在望遠鏡的世界中，老人也同樣擁有生命，雖然，他將手環繞在看似有四十歲差距的年輕女孩肩上，狀甚幸福，奇妙的是，在透鏡的放大特寫下，他充滿皺紋的臉孔，在那數百條皺紋的底下，顯露了啟人疑竇的苦悶神情。老人的臉孔，因透鏡的異常放大，而逼近於眼前一尺之距，愈是注視，愈是倍感悚然，那是一種悲痛與恐怖混雜的異常表情。

見此情狀，我的心境彷彿遭受惡夢糾纏，已無法再繼續以望遠鏡窺探，下意識地，我移開目光，視線漫然游移。而後，我發現自己身處寂夜下的火車裡，押繪的畫框、持畫的老人，猶然在前，窗外一片漆黑、車輪單調作響，聽來絲毫未變。那是自惡夢甦醒的感覺。

「您露出了不可思議的表情呢。」

老人將畫框立回原本的窗際處，回座時，以手勢要我坐在對側，凝視著我的臉，如此說著。

「我的腦袋好像有點怪怪的。好悶熱啊。」

我粉飾羞赧般地回了話。接著，老人弓著背、臉孔忽然逼近我，細長的手指有如打著暗號，在膝上令人不快地扭動著，並以低聲呢喃說：「他們，是活的吧。」

其後，他以一種即將揭露重大事件的態度，背弓得更彎，目光炯炯、雙眼圓睜，彷彿要在我的臉上挖洞般凝視我，對我悄聲細語。

「您是否有興趣聽聽他們的真實故事？」

由於火車的震動及車輪的聲響，我誤以為聽到老人在低沉地自言自語的聲音。

「您是說真實故事？」

「正是真實故事。」老人不改其低聲地回覆：「特別是，那位白髮老人的真實故事。」

「從他年輕時說起嗎？」

那夜，不知何故，我也以奇怪的方式答腔。

「對，就是他二十五歲時的事。」

「洗耳恭聽。」

我表現得像是對一般人的故事流露出尋常的興趣，若無其事地催促著老人說明。老人臉上的皺紋，高興得歪曲著，說著「啊啊，您果然願意聽。」然後，開始敘述接下來這個不可思議的故事。

「那是我這輩子最重要的大事。我記得很清楚，明治二十八年四月，家兄會變得如此（他指著押繪中的老人），是二十七日傍晚的事。當時，我與家兄都還未成家自立，住在日本橋通三丁目，父親是和服綢緞商。淺草十二階才剛完工不久。所以，家兄每天都開心地登上那座凌雲閣。因為，家兄特別喜歡異國事物、熱愛追逐流行。就好比這支望遠鏡，據說原是外國船長的隨身物品，家兄是在橫濱中華街一家奇異的中古店發現的。當時花了一大筆錢。」

老人每次提及「家兄」，完全像是他就坐在那裡，時而將目光投向押繪中的老人、時而指著他。對於他記憶中真正的兄長、與押繪中的白髮老人，老人已經混淆不清，彷彿押繪正活生生地聆聽他的話，以一種意識到第三者就在身邊的方式在說話。然而，我卻毫不感覺異常。我們在那個瞬間，超越了自然的法則，入住了與我們的世界截然不同的異世界。

「您登過十二階嗎？啊啊，沒有啊。真可惜。那根本是不知從何而來的魔法師所造、匪夷所思至極的建築物。檯面上，說是義大利的技師巴爾頓所設計的。但請您想想。當時，說到淺草公園的名勝，首先是蜘蛛男、舞劍少女、踩球特技、源水陀螺表演、稜鏡劇等等，更奇異的還有富士山縱覽場、八陣隱杉的迷宮等娛樂活動。當你到了那裡，就能見到一座高聳得想像不到的磚造巨塔，太令人驚訝了不是嗎？高度據說有四十六間，寬度半丁之餘，八角形的屋頂，有如唐帽般地拔尖，只要到了地勢稍高處，無論在東京的哪裡，都看得到那座紅色的怪物。

「如前所述，明治二十八年的春天，是家兄剛得到這支望遠鏡不久的時候。沒想到，家兄出現異狀。父親察覺家兄精神失常，極為擔心，不過，也許您注意到了，我對家兄非常愛戴，他變得如此奇怪，我更是憂心忡忡。

「具體地形容，家兄食不下嚥，對家人視若無睹，成天閉門沉思。他變得消瘦不堪，面如土灰、猶罹肺癆，只有雙眼炯炯發亮。他體質本就羸弱，臉色因而變得更加蒼白、陰沉，真是令人痛心。然而，他卻全勤似地日日外出，白天動身、直到黃昏時分才返家，不知去了何處，試著問他，他也不肯透露。母親十分掛慮，費盡心思想瞭解家兄閉口不語的理由，家兄卻依然緘默。這樣的情況，持續了一個月左右。

「因為太過擔憂，某日，我決定秘密跟蹤家兄，查明他的去向。這也是母親的請託。那天剛好像今日這樣天候不佳。午後，家兄穿上特別訂製、當時可說是非常時尚的黑天鵝絨西裝，肩揹這支望遠鏡，腳步搖晃地往日本橋通的馬車鐵道走去。我不讓家兄察覺，尾隨而上。

「接著，家兄在往上野方向的馬車鐵道上等候，轉眼間就上了車。和現在的電車不同，無法搭下節車廂去追。因為車廂太少了。我迫不得已，只好砸下母親給我的零用錢，搭上人力車。雖然是人力車，但若車伕幹勁十足，也能緊盯著馬車鐵道，不會跟丟。

「家兄下了馬車鐵道，我也下了人力車，繼續邁步跟隨。就這樣，抵達目的地，發現原來是淺草的觀音寺啊。家兄從仲見世通直接穿過本堂，穿越堂後的見世物小屋之間，猶如割開人潮般，來到方才提及的十二階前，踏進石門並付了錢，再走進高懸『凌雲閣』匾額的入口，身影消失塔中。讓人作夢也想不到，家兄日日造訪的，就是這個地方？我不禁啞口無言。我那時未滿二十，心境稚拙，不禁湧起怪異的念頭，家兄該不會被十二階的魔物蠱惑了吧？

「我曾經跟著父親，登過十二階一次，後來就沒再去了，總感覺氣氛令人不快。但家兄都上了樓，我也沒辦法，只能尾隨於一層樓後，沿著陰暗的石階漸步登上。窗戶不寬、磚牆又厚，猶如地窖般冰冷。那年，時值日清戰爭，一側的牆面上，懸列著當時非常珍奇的戰爭油畫。表情如豺狼般凶惡、一邊怒吼、一邊衝刺的日本兵，以及遭步槍上的刺刀削破側腹，雙手壓制血流、唇頰泛紫、掙扎不已的中國兵，斬斷的結辮人頭、如氣球般高飛的光景，驚心動魄、鮮血淋漓的油畫，在自窗透進的幽微光線下閃閃發亮。在那個空間裡，陰森的石階彷彿蝸牛的殼，無邊無際地不斷向上延伸。感覺真是太怪誕了。

「屋頂只有八角形的欄杆，有一條無牆遮蔽的瞭望廊道。一登至此，突然變得明亮，由於剛長時間穿過陰暗的通路，不禁令人吃驚。雲霧落在伸手可及之處，環顧四方，全東京的屋頂就像敝屣草芥般雜亂無章，品川的台場則有如盆石。忍著眩暈俯瞰，觀音寺的本堂位置極低，搭棚的見世物小屋狀似玩具，只能看得到行人的頭及腳。

「屋頂上，十餘名的成群遊客，神情害怕、一邊竊竊私語，一邊眺望著品川的海面。至於家兄，則獨自一人遠離，湊近望遠鏡，狂熱地反覆看著淺草寺區域內。從後面看上去，在白濁沉鬱的雲氣之中，清晰浮現著家兄的天鵝絨西裝，完全見不到其下的紛擾混亂，唯有家兄鮮明可辨，彷彿西洋油畫中的人物，神聖高貴，到了令人忌憚、不敢出聲叫喚的程度。

「但是，我想起母親的叮嚀，也不能毫無行動，即走近家兄的身後，探問：『哥哥，你正在看什麼？』家兄嚇了一跳，回過頭來，滿臉尷尬，一句話都沒說。我說：『哥哥，你最近的樣子，父親、母親都非常擔心。正奇怪你每天出門都去了哪，原來是來到了這裡。請告訴我原因。我們這麼親近，至少你也讓我知道吧。』所幸四下無人，在這座塔上，我努力說服家兄。

「遲遲得不到答案，我不斷地拜託家兄，家兄再也堅持不住，終於願意娓娓說明，對我坦承這一個月以來深藏胸中的秘密。然而，令家兄苦悶的原因，又是一件怪事。家兄說，就在一個月前，他登上了十二階，以望遠鏡欣賞觀音寺一帶時，在人群之中，無意間瞥見了一位少女。那是一位難以言語形容、世間絕無此物的美人。平日對女性一向冷淡的家兄，僅僅在望遠鏡中見到那位少女，就彷彿一陣寒氣襲來，令他徹底意亂情迷。

「那時，家兄只看一眼便嚇一跳，一閃神就移開了望遠鏡。他想再見一面，往相同的方向著迷地找尋，但鏡片的彼端，卻再也遇不到少女的臉了。在望遠鏡中看起來很近，實際上卻很遠，在人山人海之中，僅見到了一次，第二次要再找到，是至為困難之事。

「其後，家兄對望遠鏡中的美少女念念不忘。他是個極為內向的人，馬上就陷入了老式的單相思。現在的人也許覺得好笑，但當時的人個性保守，是個稍與女性擦身邂逅、立即墜入情網的男人為數眾多的年代。毋庸置疑，家兄茶飯不思、身體日益衰弱，又因那少女曾行經觀音寺一帶，使他心生不切實際的期待，才每天像上班族那樣，登上十二階，遠目窺探。所謂的戀愛，真是不可思議的東西。

「家兄對我坦承後，又像熱病發作般開始窺看望遠鏡，我無比同情家兄的感受，那雖是希望渺茫的大海撈針，我卻沒有阻止他的念頭，只是熱淚盈眶，凝視著家兄的背影。此時……啊，我忘不了當時那既怪異又美麗的景象。儘管已是超過三十年前的往事，但只要閉上眼睛，就會像夢中的繽紛色彩般，歷歷浮現。

「如前所述，我站在家兄背後，只見得到天空，在如煙似霧的雲層之中，家兄身穿西裝的細瘦之姿，有如浮於畫中，雲層流動，產生了家兄的身子飄在半空中的錯覺。接著，如煙火燃放般地突然，泛白的天空中，無法勝數的紅球、藍球、紫球，爭先恐後地輕盈升空。僅以言語形容恐難理解，那景象宛若繪畫、抑或呈現某種預兆，讓我懷著說不出口的怪異感。急忙往下看發生何事，才恍然大悟，原來是氣球小販不慎鬆手，讓氣球一次全飛天了。當年，氣球這種東西，比現在要稀奇得多，就算知道真相，我內心的怪異感仍在。

「奇妙的是，儘管難說是以此事為契機，恰巧當時家兄興奮非常，蒼白的臉頰泛紅、氣息紊亂不止，到我面前抓了我的手，說：『走吧，不快走就來不及了。』用力地拉著我。我被拉住，下了塔中石階，詢問原因，說好像發現了那位少女。她正坐在鋪滿榻榻米的寬敞廳室裡，立刻過去，她應該還在原來的地方。

「家兄發現的地點，就在觀音堂後方，有一棵大松樹為地標，那邊有一間寬闊的廳堂。我們兩人到了那裡去找，雖然確實有棵松樹，但附近毫無像是住家的房子，根本有如狐精作祟。我認為那是家兄的誤判，但見他情緒極為低落，令人於心不忍，便安慰了他，再到附近茶攤去找，但依然找不到少女的蹤影。

「在找尋過程中，家兄與我逐漸分頭進行。我到各茶攤繞了一圈，過了一會兒才回到原來的松樹下。那裡有許多攤商，其中一攤是稜鏡劇，響起啪唰啪唰的鞭擊聲，正進行著表演，仔細一看，在那窺視鏡前的，不就是彎了腰、全神貫注地凝視著的家兄嗎？『哥哥，你在看什麼呢？』我問，並拍了他的肩，他嚇得回頭，家兄當時的表情，我至今無法忘懷。不知該如何形容，也許該說他正在作夢？他的臉孔扭曲，目光投向遠方，連對我說話時的聲音，聽起來也空洞莫名。接著，他說：『弟弟，我們要找的少女就在裡面。』

「他這麼一說，我立刻付了錢，往窺視孔的鏡片看去。那是〈八百屋於七〉的故事。正進行到吉祥寺書院中，於七依偎吉三身旁的繪作。令人難忘。演出稜鏡劇的夫婦聲音嘶啞，配合揮鞭的節奏，唱著『膝蓋貼上來了呀，媚眼送上來了呀』的歌詞。啊啊，那句『膝蓋貼上來了呀，媚眼送上來了呀』的詭異音韻，至今猶然在耳。

「窺視孔中的人物成了押繪，應出自名家之手。於七的容貌逼真絕美，在我眼前，模樣活靈活現，家兄會那樣說，絕非毫無道理。家兄說：『縱使知道這位少女只是押繪，我也無法放棄。縱使可悲也無法放棄。只要一次就好，我也渴望像吉三那樣，成為押繪中的男子，與她說話』。他有氣無力，呆若木雞地在原地動也不動。見此情況一想，稜鏡劇的畫作定然是為了採光而打開了上方的箱蓋，才能從十二階的屋頂俯視得到。

「當時，已經接近黃昏，人潮跟著減少。窺視孔前也只剩兩三名剪了娃娃頭的孩童，意猶未盡地依戀不捨，徘徊不願離去。白天時分即是烏雲籠罩，到了傍晚，彷彿陣雨將至，雲層低垂，更製造出壓迫感，變成好似會逼人發瘋、令人不快的天候。接著，耳邊傳來咚隆咚隆、有如太鼓的鳴聲。此間，家兄則向著遠方凝視、佇立良久，不知要持續到何時，我感覺足足有一個鐘頭那麼長。

「天色完全闃暗，遠方踩球特技的煤氣花燈，此時也燃起了美麗的燈焰，家兄一瞬間清醒，突然抓住我的手腕，說了奇言怪語：

『啊啊，我有個好主意。拜託你，把望遠鏡反過來使用，以物鏡這端看我。』我問，『為什麼？』他置若罔聞，只說：『別管這麼多，幫我就對了。』我有生以來，對於鏡片類的東西總敬而遠之，望遠鏡也好、顯微鏡也罷，讓遠處之物逼近眼前、小蟲化為巨大的猛獸，妖物般的功能令我備感恐懼。

「因此，家兄珍藏的望遠鏡，我幾乎從來不碰，深覺那根本是魔鬼的器械。此外，在日落後連人臉都看不清、氣氛寂寥的觀音堂後，以望遠鏡倒視家兄，完全是瘋狂的舉動，讓人膽寒再三。但，現在是家兄提出要求，無可奈何只得照做。由於是逆向窺看，距離二三間處的家兄身姿，僅存二尺之高，卻更鮮明地浮現在黑暗之中。周遭景色完全無法映入，體型縮小、身著西裝的家兄，昂首佇立於透鏡中心。家兄可能是正在後退吧。只見他愈來愈小，成了約莫一尺、有如人偶般的可愛模樣。其後，他的身影，遽然浮上半空，我反應未及，他已經溶入黑暗之中。

「我極為害怕（如此形容，彷彿這麼多年都白活了，但當時，我的確全身發毛），立刻放下望遠鏡，叫喚『哥哥』，朝家兄消失的方向奔去。但是，不知為何，無論我怎麼找，卻不見家兄的身影。僅在頃刻之間，他不可能走遠，但我終究找不到人。難道說，家兄就這麼消失在世界上了……自此，我對望遠鏡這種魔鬼的器械備感恐懼。尤其是，這支不知是哪個外國異地船長所持有的望遠鏡，特別令人生厭，別的望遠鏡姑且不談，唯獨這支望遠鏡，無論如何，絕對不能逆向窺視。一旦逆視就會發生不幸，對此我深信不疑。方才您反著拿它，我之所以慌忙制止，就是這個原因。

「然而，經過了長時間的尋找，我疲憊不堪，回到原來的稜鏡劇舞台前。我遽然想起一事。也就是說，家兄對押繪少女恐怕愛戀至深，難道是藉了這支具有魔力的望遠鏡，將自己的身體縮成與押繪少女同樣的大小，潛入了押繪世界裡嗎？於是，我向尚未打烊的稜鏡劇商懇求，讓我看看吉祥寺的場景，果不其然，家兄不正化作押繪，在提燈的照耀下，代替了吉三，神情愉悅地與於七相擁著嗎？

「可是，我毫不感覺悲傷。家兄終於達成心願，獲致幸福，令我不由得喜極而泣。我說，這幅押繪無論價格為何，請稜鏡劇商務必讓售，取得對方承諾後（奇妙的是，身著西裝的家兄代替了侍童吉三坐於畫中，稜鏡劇商絲毫未察），飛奔回家，向母親一五一十地告知，但父親也好母親也罷，他們卻視為無稽之談，說：『在胡說八道什麼？你是不是瘋了？』確實如此，真是怪異極了啊！哈哈哈哈！」老人猶如過於荒謬般地笑出來。但，怪異的是，我也與老人心有同感，一同大聲笑著。

「他們深信，人類不可能變成押繪那種東西。但是，家兄變成押繪的證據，不就是他從此自世界上消失了嗎？儘管如此，他們卻說家兄離家出走了，完全弄錯方向，理所當然地下錯結論。很奇怪吧。結果，不管他們怎麼說我，總之我從母親那兒拿到了錢，終於取得了那幅稜鏡劇中的押繪，我帶著它，從箱根踏上前往鎌倉的旅程，希望能讓家兄有一次蜜月旅行。像這樣搭著火車，不禁讓人想起當年的事情。沒錯，如同今日這樣，把押繪立在窗邊，讓家兄與他的戀人，能欣賞到車外的景色。家兄是多麼幸福啊。對少女來說，家兄如此真心，她怎麼會不樂意？兩人彷彿新婚夫妻，羞怯地紅著臉，彼此肌膚相親，永遠琴瑟和鳴地互訴愛意。

「後來，父親結束了東京的事業，搬回富山附近的老家，攜我返鄉，我也一直住在那兒，因至今已經三十多年了，許久未曾與家兄一同看看睽違多年的東京，才這樣與家兄一同旅行。

「然而，悲哀的是，少女雖說是活著的，畢竟是工藝製品，不曾變老，家兄縱使化為押繪，勉強變成這樣的形體，終究是壽命有限的人類，和我們一樣會逐漸衰老。請看這裡，家兄原是二十五歲的美少年，已經滿頭白髮，醜陋的皺紋布滿臉孔。對於家兄來說，這是多麼悲慘的事。少女的青春永駐，自己卻變得污穢、老邁。真是太恐怖了。家兄的表情如此悲傷。數年前起，他總是透露出滿臉愁容。每思及此，我不得不對家兄的處境深感遺憾。」

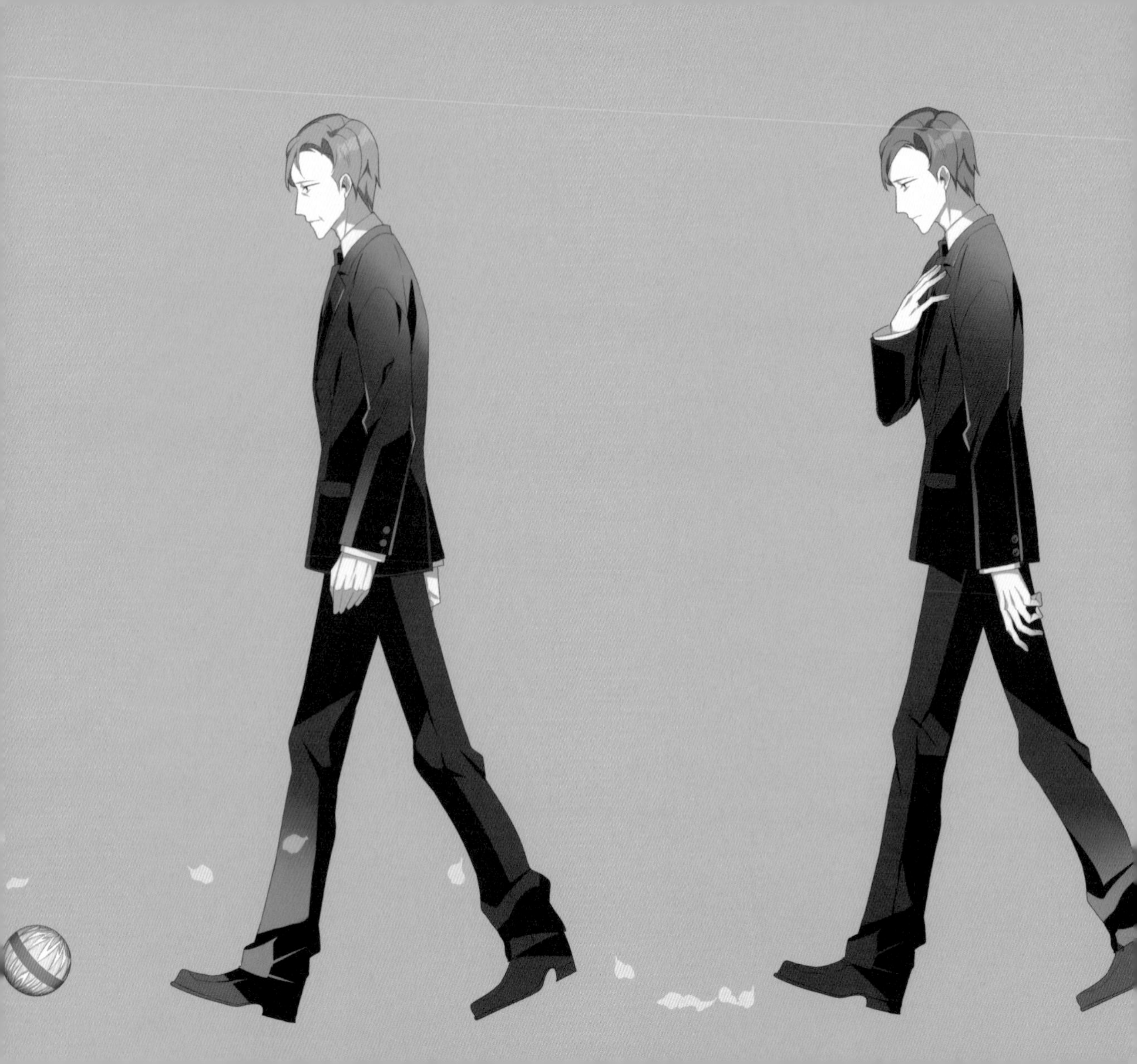

老人神情陰沉地注視著押繪中的老人，不多久，才意識到現實。

「啊啊，竟然說了那麼多話。不過，您也能理解吧。您不會跟其他人一樣說我瘋了吧。啊啊，那麼這番話就值得了。怎麼樣，哥哥你們也疲倦了吧。把你們放在這裡，說了那個故事，想必你們也會難為情吧。那麼，現在就讓你們休息吧。」

老人一邊說著，一邊將押繪的畫框包進黑色風呂敷當中。一瞬間，不知是不是我的錯覺，押繪中的兩具人偶的臉竟出現些微扭曲，有點害羞地自嘴角浮現微笑，彷彿向我道別。老人自此沉默不語，我也同樣無言。火車仍舊毫無改變，發出叩咚叩咚的鈍重聲，在黑暗中奔馳著。

經過大約十分鐘，車輪的聲音變得遲緩，側目朝窗外看去，可見到燈火二三，火車在地點不明的山間小站停了車。站員僅有一人，形隻影單，在月台上佇立著。

「那麼，先行告辭了。我在這裡的親戚家留宿一晚。」

老人抱著包裹著畫框的行李輕輕站起，留下這句道別，走出車外。從窗際望去，老人瘦長的背影（不知為何，與押繪中的老人極為神似）在簡易的柵欄處，將車票交給站員，就這樣，猶如溶入黑暗般地消失了。

＊本書之中，雖然包含以今日觀點而言恐為歧視
用語或不適切的表現方式，但考慮到原著的歷史
背景，予以原貌呈現。

譯註

第4頁

【押繪】（押絵）將厚紙裁切為各種人物、花鳥之形，以精緻的棉布包覆、拼貼製成的立體畫。

第5頁

【魚津】位於富山縣東、臨接富山灣的漁港。海市蜃樓為其春季名勝。當地尚有螢光烏賊、魚津埋沒林兩種特別天然紀念物。

第8頁

【大入道】一種頭顱光禿、身長至少兩公尺、實體不明的巨型妖怪。傳聞若不慎目睹，將罹患重病甚至猝死。

第10頁

【親不知】位於新潟縣糸魚川市西南，外波・市振間的斷層海岸。自古為北陸地區的險道，崖勢陡峻、岸浪洶湧，行經時縱為親子亦自顧不暇、無法照應，故得此名。

【風呂敷】方便收納、攜行的方形布巾。其名之由來，一說是平安時代，沐浴乃淨化身心的嚴肅之事，入浴前後需將布鋪地，再於其上更衣，此布即為風呂敷。室町時代末期，開始流行大眾澡堂，民眾則用來收納脫下之衣物，逐漸演變為攜帶行李的打包道具。

第19頁

【繪馬札】（絵馬札）狀似屋頂、繪有馬匹的五角形木板畫，用於民眾向神社、寺廟表示祈福、酬謝，代替真實馬匹的獻禮。

第20頁

【緋鹿子】（緋鹿の子）以紅色為底、鹿背白斑為圖樣的染布。

【振袖】未婚女性所穿的長袖和服。

【結綿】日本傳統女性髮型，島田髷的一種，以緋鹿子或綿布束髮。常見於年輕女性、藝妓。

第22頁

【縮緬】以絲絹為材質、平織法交錯編成的高級布疋，主要用於和服織品。

【羽子板】源自室町時代的日本傳統遊戲「板羽球」（羽根突き）中，用於拍擊羽毽的長方形木板。以杉木、桐木製成，板上作畫或貼上押繪裝飾。至江戶時代，羽子板演變為正月的年節擺飾、致贈給女孩子的吉祥物，祈求避邪除疫。

第23頁

【文樂】（文楽）文樂座，專門演出人形淨琉璃的劇場。人形淨琉璃發源於大阪，是一種彈奏三味線、操持人偶的說唱戲劇表演。

第33頁

【十二階】凌雲閣為明治二十三年（1890）建於東京淺草公園的紅磚展望塔，因有十二層樓，得此慣稱。後因大正十二年（1923）的關東大地震半毀而拆除。

第36頁

【巴爾頓】英國建築師威廉・巴爾頓（William Kinninmond Burton），1856年生於蘇格蘭愛丁堡，專長為都市排水工程。1886年，日本爆發霍亂，受雇赴日協助衛生工程，後在台灣總督兒玉源太郎的延攬下，來台進行水利工程考查，有「台灣自來水之父」的美譽。因與推理作家亞瑟・柯南・道爾（Arthur Conan Doyle）自幼相識，道爾筆下的福爾摩斯探案中的日本相關知識，均由巴爾頓提供。道爾曾著有長篇小說《賈德斯頓公司》（The Firm of

Girdlestone，1890）贈予巴爾頓。本作錯指巴爾頓為義大利人，疑因其專長與古羅馬水道工程混淆。

【蜘蛛男】人首蛛身的男性，可能是利用畸形的表演者，或舞台機關來呈現。是見世物小屋常見的觀賞項目之一。

【源水陀螺】（源水の独楽廻）陀螺師松井源水所創的陀螺雜耍表演。

【稜鏡劇】（覗きからくり）表演者在佈置光源的暗箱中依序展示連環繪畫，並藉由歌唱、口白講述畫中的故事情節，觀眾則透過箱前的窺視鏡觀賞。

【富士山縱覽場】（お富士さま）明治二十年（1887）年建於東京淺草公園的木造展望台，以富士山為外型，高約32公尺。建後三年損毀。

【八陣隱杉】（八陣隠れ杉）明治十年（1877）開設於東京淺草公園的庭園式迷宮。「八陣」之名源自諸葛亮的八陣圖。

【間】日本傳統度量衡長度單位，一間約為1.82公尺。本作稱凌雲閣有四十六間，約84公尺，但實際上為68公尺。

【丁】日本傳統度量衡長度單位，又稱町，一丁約為109.1公尺。

第40頁

【馬車鐵道】（馬車鉄道）以馬匹拉行車廂、奔駛於鐵軌上的交通工具。發明於英國，日本自明治十五年（1882）於新橋・日本橋之間架設第一條鐵路，名為「東京馬車鐵道」，亦即本作出現之場景。

第42頁

【觀音寺】（観音様）即淺草寺。建於推古天皇三十六年（628），供奉聖觀音，又稱淺草觀音寺。江戶時代後半，漸成街頭賣藝、演劇活動的庶民娛樂中心，繁榮至今。

【仲見世通】（仲店）淺草寺區域內自雷門至觀音堂的商店街。

【見世物小屋】展示各種珍稀生物、畸形人類、特殊雜技，刺激觀眾嗜奇興趣的表演活動。

第43頁

【盆石】一種於黑色托盤上以砂礫、石塊為素材，表現自然景觀的日本傳統藝術。

第52頁

【茶攤】（掛茶屋）路旁擺設座椅、販賣茶水的小店。

第53頁

【八百屋於七】（八百屋お七）據紀實小說《天和笑委集》所載，天和二年（1683）江戶發生大火，少女於七的家宅被焚，與家人暫時避居正仙院，在寺中結識雜役生田庄之助，一見鍾情。後來新居落成，於七返家，對庄之助仍朝夕思慕，竟在家中放火，以求再次與對方重逢。其後，於七因縱火而被判死罪。

【吉三】文人井原西鶴，在於七死後三年發表小說《好色五人女》，其中一篇改編於七之死。其戀人名改為小野川吉三郎，兩人邂逅處改為吉祥寺；另，在落語作品中，其戀人則名為吉三。

第56頁

【煤氣花燈】（花瓦斯）形如花卉、用於裝飾、廣告的煤氣燈。

解說

隱身於海市蜃樓的巨人／既晴

I

一九二六年，江戶川亂步在雜誌《新青年》連載的〈一寸法師〉、在《東京朝日新聞》、《大阪朝日新聞》同時連載的〈帕諾拉馬島綺譚〉陸續完結，這是他自一九二三年以〈兩分銅幣〉出道後，創作能量爆發、作家生涯的最高峰。

這時他已辭去工作，專職創作，也舉家搬到東京定居。然而，縱使作品大受讀者好評，〈一寸法師〉並在同年改編電影——這是亂步作品首度影像化，更引起廣泛迴響，他卻突然陷入了自我嫌惡的低潮。他自我批判，稱〈一寸法師〉是極度愚蠢的劣作，執筆期間放棄連載的念頭揮之不去，猶如臨死般煎熬，就連看到小說這兩個字，都讓他沮喪、作嘔。

亂步雖然不曾明言，他究竟厭惡〈一寸法師〉的哪個部分，總之，他發表了封筆宣言，離開妻兒，孤身投靠住在名古屋的推理作家小酒井不木（他也是在亂步出道前，盛讚其創作的恩人）開始了京都、名古屋的浪居生活。

時至一九二七年，《新青年》新任總編輯、與他亦師亦友的推理作家橫溝正史，為了一九二八年元月號的企劃，親自跑了一趟名古屋，力邀亂步復歸，他只得應允交稿。

然而，屆截稿日，橫溝來取稿，亂步卻說他寫不出來。橫溝無可奈何，只得貿然提議：「我知道這是很無禮的事，但其實我寫了一篇小說，模仿了老師的風格。能否讓我以老師的名義來發表？」亂步聽了，竟然爽快答應，接著就起身去上廁所。回來以後，亂步向橫溝坦言：「其實我有寫完，但是沒有發表的自信。既然你寫好了，就照這種方式刊登吧。我寫的東西，剛剛丟進廁所裡了。」令橫溝大感扼腕。

十四個月後，亂步終於重拾了創作欲，以充滿魄力的高超筆技，於《新青年》發表中篇〈陰獸〉，一時洛陽紙貴，連載最終回的雜誌，居然緊急增印兩次，在出版界極為稀罕。亂步受此激勵，正式回歸文壇，並重撰當年那篇丟進廁所的稿件，發表於一九二九年《新青年》六月號——那正是本作〈與押繪一同旅行的男子〉。

其後，在桃源社《江戶川亂步全集》裡，亂步為〈與押繪一同旅行的男子〉寫自作解說，曾提到：「這是在我的短篇小說中，自己最喜愛的一篇。」總是對個人創作感到自卑的亂步，這是絕無僅有的至高自譽。根據統計，在日本包括一般推理、亂步個人的短篇選集，本作有超過八十冊收錄，為亂步短篇收錄次數之冠，顯見人氣之高。一九五六年，亦首次英譯為〈The Traveler with the Pasted Rag Picture〉。至一九九四年，亦有電影的改編。

II

〈與押繪一同旅行的男子〉為何有如此魅力，能贏得讀者的長期喜愛？

事實上，本作不同於亂步的典型作品，並不強調他違常、嗜虐、變態、陰翳的故事風格，也非其奠立作家初始地位的正統解謎推理，而是呈現在他洋溢著日本人文地理風情、充滿了幻想性的怪奇趣味，卻又能與他個人的特異品味完美融合，天衣無縫。

亂步的作品，擅長在日常、卑微、俚俗的庶民生活中，切割出一道如夢似幻、不受倫理道德所拘、暴露人性底層欲念的私密空間。在他筆下的主人翁，多半是見識貧乏、胸無大志的庸碌之輩，與平凡的你我無異，言行、思慮，常會為世態、流行所左右。然而，這個不為人知的私密空間一旦出現於眼前，他們就會逞其狡智、涉身犯罪，即便飛蛾撲火、自甘墮落也在所不惜。

於是，從亂步的作品中，我們讀到假扮他人身分的「變身欲」、密探他人生活的「偷窺欲」、執行完全犯罪的「作惡欲」……在現實生活中，一切我們只能空想的、無法實行的，亂步可以替我們完成。

本作將亂步的多項個人品味，作了高度的結合，稱為集大成之作，亦不為過。鍾情押繪人物，直至不可自拔，與現代「二次元美少女」的愛戀情結，有異曲同工之妙，足證亂步超越時代的洞察力；淺草寺區域內的熱鬧攤商，沿街琳瑯滿目的新玩意、怪東西、魔術秀、馬戲團，滿足了看熱鬧、趕流行的聊賴心態。

透鏡，則是亂步慣用多次的經典元素，在許多作品都出現過。亂步在隨筆〈透鏡嗜好症〉自述，他幼時即對顯現、製造光影的器械深感興趣。望遠鏡、顯微鏡、幻燈機、照相機……玩賞著這些控制影像的精密道具，使他體驗到一種恐怖的魅力。藉由透鏡，物品被放大數百倍，使他陷入惡夢般的影像，然而，愈是感到恐懼，就愈是驚嘆、愈是耽溺其中。

而，自然界所能形成的最大型透鏡，即是海市蜃樓。

本作開頭，提及在海市蜃樓裡，能看見一種稱為「大入道」的巨型妖怪。江戶時代的隨文集《雨窗閑話》，有船夫德藏在海上遇暴風雨，目睹大入道的記載；浮世繪師，如勝川春英的《異魔話武可誌》、十返舍一九《列國怪談聞書帖》、歌川國芳的《東海道五十三對》，也都畫過這種妖怪。

經後人考察，大入道疑似是與日照的光影混雜的積雨雲。關於大入道的記載、目擊情報，稗官野史並不在少數。也許，真相永遠無法得知。但，透過亂步之筆，我們就能夠穿梭在現實與虛幻之間，驚鴻一瞥那海市蜃樓間的巨人身影。

解說者簡介／既晴

推理、恐怖小說家。現居新竹。創作之餘，愛好研究推理文學史，有推理評論百餘篇，內容廣涉各國推理小說導讀、推理流派分析、推理創作理論等。

譯者

既晴

民國64年（1975年）生於高雄。畢業於交通大學，現職為IC設計工程師。曾以〈考前計劃〉出道，長篇《請把門鎖好》獲第四屆皇冠大眾小說獎首獎。主要作品有長篇《魔法妄想症》、《網路凶鄰》，短篇集《病態》、《感應》等。

TITLE

與押繪一同旅行的男子

STAFF

出版	瑞昇文化事業股份有限公司
作者	江戶川亂步
繪師	しきみ
譯者	既晴
總編輯	郭湘齡
責任編輯	徐承義
文字編輯	蔣詩綺　李冠緯
美術編輯	謝彥如
排版	謝彥如
製版	明宏彩色照相製版股份有限公司
印刷	龍岡數位文化股份有限公司
法律顧問	經兆國際法律事務所　黃沛聲律師
戶名	瑞昇文化事業股份有限公司
劃撥帳號	19598343
地址	新北市中和區景平路464巷2弄1-4號
電話	(02)2945-3191
傳真	(02)2945-3190
網址	www.rising-books.com.tw
Mail	deepblue@rising-books.com.tw
初版日期	2019年8月
定價	400元

國家圖書館出版品預行編目資料

與押繪一同旅行的男子 / 江戶川亂步作 ; しきみ繪 ; 既晴譯. -- 初版. -- 新北市 : 瑞昇文化, 2019.07
84面 ;　18.2x16.4公分
譯自 : 押絵と旅する男
ISBN 978-986-401-353-1(精裝)

861.57　　108009706